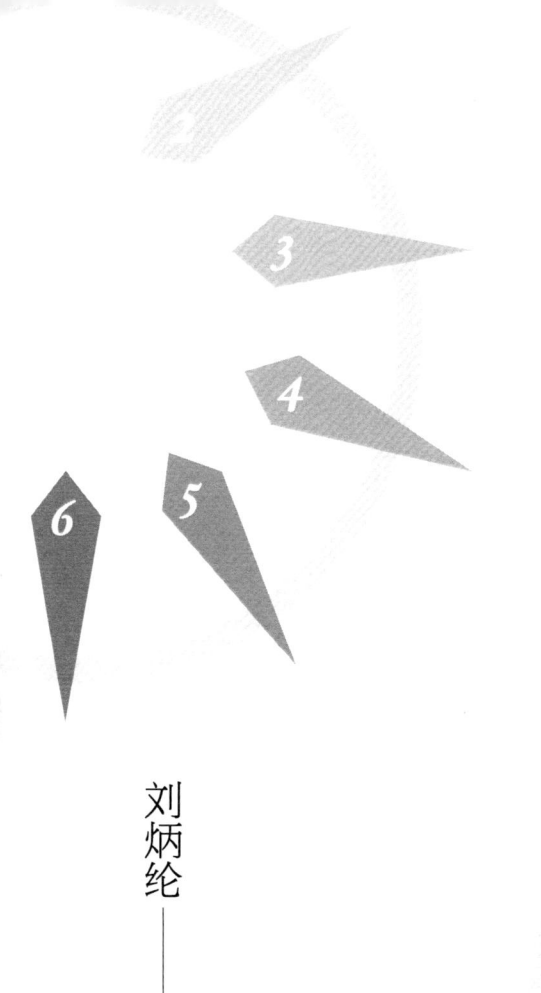

从两点到六点

刘炳纶 著

中国书籍出版社

图书在版编目（CIP）数据

从两点到六点 / 刘炳纶著. -- 北京：中国书籍出版社，2021.4
ISBN 978-7-5068-8979-7

Ⅰ.①从… Ⅱ.①刘… Ⅲ.①诗词—作品集—中国—当代 Ⅳ.①I227

中国版本图书馆CIP数据核字(2022)第056094号

从两点到六点

刘炳纶　著

责任编辑	邹　浩
责任印制	孙马飞　马　芝
封面设计	东方美迪
出版发行	中国书籍出版社
地　　址	北京市丰台区三路居路97号（邮编：100073）
电　　话	（010）52257143（总编室）　　（010）52257140（发行部）
电子邮箱	eo@chinabp.com.cn
经　　销	全国新华书店
印　　厂	北京睿和名扬印刷有限公司
开　　本	787毫米×1092毫米　1/32
字　　数	50千字
印　　张	3.625
版　　次	2022年4月第1版
印　　次	2022年4月第1次印刷
书　　号	ISBN 978-7-5068-8979-7
定　　价	49.00元

版权所有　翻印必究

目录

吻

风 傻瓜 星空 / 003

幽会 / 005

诗巫 / 007

白夜 / 008

这一天 / 010

爱的教育 / 012

不必慌张 / 014

Luv for Sale / 015

未命名 / 016

柏油大道 / 017

如果我要走 / 019

声音 / 020

月镜 / 021

爱与飞翔 / 022

苞谷畅想 / 024

泪

直线运动 / 027

1 元一斤的莎士比亚 / 028

杀掉那只小鸟 / 029

春了,雪呢? / 031

跑调 / 032

无穷 / 033

想念是冰,冰是想念 / 034

削铅笔解忧 / 035

插播一段阴云 / 036

矛盾与隐喻 / 037

万物沉睡 / 038

泛舟 / 039

灯泡 / 040

马戏 / 041

目录

路

小土丘 / 045

晚冬、早春 / 046

吸烟有害健康 / 047

老照片 / 049

木头记 / 051

鸣的锣 / 053

Being Fried / 054

快乐的少年 / 055

孤耳 / 057

稀释 / 059

迷途 / 060

奔驰的游戏 / 061

海

海洋 / 065

行星撞芦苇 / 067

11 November, the Festival / 068

无题 / 070

世界的太阳 / 071

青海湖的歌 / 073

猎火 / 075

角斗士 / 076

健忘的海 / 077

无名草 / 078

杳无音讯的秋 / 080

从两点到六点 / 081

红雀 / 083

Red Sparrow / 084

和解 / 086

目录

叶

夜晚归来记 / 089

禽鸟之乐 / 090

越狱 / 091

独酌的对话 / 093

Halloween / 095

初霁 / 096

虫洞 / 097

毁灭 / 098

泥土的碎片 / 099

树、碑和土 / 100

诗歌 / 101

玉米田中的喧嚣 / 102

魔术揭秘的时候 / 103

落着小雨的清晨 / 104

黄沙路 / 105

吻

吻

风 傻瓜 星空

嫁给现实的女孩
呼吸着蹉跎的岁月
男孩揣着父辈的铜币
衣兜里叮当直响的承诺

他有个发现想要分享给她
一片大草地
一片空中的花园
舞台的灯光是执拗的森林
浅浅的又淡淡的
有人管他们叫星河

用同样冰凉的手
在温差里寻找温暖
他们躺在草地上手牵着手
看着远方又看着过去
她说不要转头
免让干枯的草芒
刺破脸颊而变得温良

宇宙像一条平静的河

从两点到六点

在源头和尽头
各有一双黑暗中的眼睛
恐惧着无趣的未来
风从这边吹到那边
他们把头缩进围巾
假装有了个家

多么漂亮的一只鸟
也许不会说话
也没飞到耳边
却告诉了我
傻瓜不在这里
而在匀称的星空深处

2016 年 12 月 22 日 北京

吻

幽会

多么美好的一刻
你的唇像琼浆玉液
让我迷醉不去
你的眼是红棕的双星
坦诚披着光的新衣

我想把我的爱
塞进塑料瓶里
一圈圈拧紧瓶盖
放入紫竹环合的穴洞
盖上一层薄薄的尘

一瓶子的时间
无以描绘你的美
他从梦中惊醒
挥舞铁锹掀起磐石
挖啊挖

终于找到了沦陷的城
早已陷进灵魂深处

从两点到六点

打开瓶盖
什么也没有发生
世界归于平静

2017 年 1 月 30 日 张家口

吻

诗巫

我爱你
因为你家的树有点高
我爱你
因为你的体味有点香
我想改编这世上所有形容美的诗歌
套进你的故事
我愿意为你
被全世界的诗人追着到处跑
因为我偷走他们的意象
来做你罗裙上的一丝风
我知道你爱我
还知道你爱他
还知道你爱她
还知道你爱它
我爱你的多情
这是隐居者的夙愿
给你一碗不见底的巧克力
你能挨个把他们消化
来发酵每一朵白云
让全世界烂醉
然后诗意地栖居

2017 年 12 月 12 日 古晋

白夜

我待你如闺中密友，
没想到
你竟是个土匪！

将我五花大绑，
掌控着我的喘息；
抢走我的心脏，
丢进自己的口袋；
牵走我的双眼，
各挂在你的腰间；
你封住我的嘴，
让我忘记掉言语；
就连我的双耳，
也被你下药沉睡；
震颤我的神经，
引爆我的下丘脑；
啊土匪，
鼻子都对你过敏。

请继续
盘踞在那山头

吻

无法无天!

2018年2月2日 北京

这一天

我亲爱的
你的双唇
尝起来像黎巴嫩的美酒
轻抚着我黑夜里的影子

请让我用我的手
来换掉你手中的苹果
看这短暂的永恒
看那永恒的短暂

我是黄土之于战靴
你像白云之于蓝天
听那细雨喃喃
铁锈爱玫瑰

狂风吹来一阵花雪
梧桐网下一汪清泉
笨拙的狗熊左摇右摆
可伤透了蜜蜂的心

你用两颗红宝石

吻

换走了我的世界
如今依旧飘忽不定
你的头发蓄长了吗

2018年2月4日 北京

爱的教育

很久很久以前
世界上还没有爱
孤独横尸遍野
天地间充斥着欲望和云朵
如那寒风的夜
温暖的礼堂也还空空如也
世界也没有忧愁
月亮还单单是个卫星

突然
一场大雪伤透了早开的花

河流和土地开始相互慰藉
马儿平静着
直到风儿呼啸
才想起正飞奔的四蹄
远方渐渐远去
他急切着
想蹭蹭那缕漂亮的鬃毛
怒吼怒吼吧
多年来安静的晚餐

吻

早已忘记了如何低语
每一片咸咸的水
都有一艘满载的沉船

抱着冲浪板
追逐着潮水
却被一次次赶回沙滩
"啊！我爱你！"
毅然登上风口浪尖

平静的海
潮来潮去
新闻：
昨日一人失踪

2018 年 3 月 16 日 上海

从两点到六点

不必慌张

我的爱人呐
来坐到我的身旁
今天我们不谈感情
不批评纷扰的世界

宇宙的意义如何
不必慌张
地球的命运如何
不必慌张

来来喝下这杯杜松子酒
让我在你耳边低语
不必慌张
不必慌张
不必慌张
……
顺便告诉你
我爱你

2018 年 3 月 26 日 北京

吻

Luv for Sale

I could swim in the smoke
And scheme an awful joke.
Become a king of forgotten (k)night.
Become a ring with the rotten rust.
You praised my beauty,
though you are blind.
So please do not kidnap my sadness!
Lying lords with fancy words,
I would revenge
To make you laugh within mask;
I would revenge
To make you fear without fear;
And I would revenge
To make you live without love!
All I have to do
Is left alone and gone
To purchase my pride at price.

2018年4月28日 北京

未命名

我的朋友,
手中紧握对你的牵挂;
满是陌生面孔的世界,
车水马龙。

我心爱的,
你的唇滋润着我的泉;
阳光这样温暖着太阳,
垂直向下。

我的爱人,
超越着人的情感极点;
每每妄图寻找个规律,
言语清贫。

我的导师,
你点燃我激情的烈火;
待到原野被氧气烧尽,
怅然若失。

2018 年 5 月 21 日 北京

吻

柏油大道

在 113 年前的夜晚
时针在转
分针也在转
秒针先发了疯
便融进我的心脏
然后咚咚咚

就是最暗的阴影
一束强光过去
也灰飞烟灭
你的舌尖流着美酒
一滴滴偷走我的忧愁
但请别忘了我

世界变得脚朝天
飞鸟掉进山谷
巨轮浮上冰原
夜空才没有最亮的星星
只有等我睡醒
你近在眼前

从两点到六点

神志清醒
满是你离去的步伐
如果没有你
我又怎会有恐惧
干了这杯滥情的俗套
为了健康！

2018年6月8日 北京

如果我要走

如果我要走了
你不必言语
更不必为我哭泣
因为离别的仪式
只会把思愁拉长
把人儿推远

如果我要走了
你大可沏壶茶
把历史灌醉
纵使遥隔万里
也能举杯共饮
微微一笑

如果我要走了
你也别止步不前
做优雅的侠客走南闯北
顺走别人的眼泪
堆垒一片大海
把我藏起

2018 年 7 月 7 日 北京

声音

声音创造双耳；
如果世界上没有了声音，
该如何处理双耳？

扔进大海？
没有声音，
我怎知它们漂泊到何方？

丢进火炉？
没有声音，
我怎知它们重生或毁灭？

贴上胸膛？
没有声音……
咚咚！咚咚！

我的心声早已易主，
是你的……
哗——

2018 年 8 月 17 日 上海

月镜

擦亮星云中的阴影
晕头转向寻不见银河
从指南针上偷走九十度
送给明月做霓裳

花苞是完美的花
想象是嘀嗒的露水
不会情话的玫瑰
回到泥土的家

与江河同船
难逃海湖的呼唤
咸淡的沙尘
千万粒炽热的吻

痴痴的爱
化作沙沙的风
仰天与时光相视
轻挠我的心房

2019 年 6 月 29 日 北京

爱与飞翔

鸟生来就是为了飞
终在天空中远去
奈何只长了双手
尝不到繁星便作罢于行乐
遨游人间

大海的边界
是恐惧与欲望的结合体
你的双唇像不听话的长帆
任由海水腌藏我的思绪
尝起来像魔法

街口的信号灯在彷徨
红灯示爱
绿灯通行
像拥抱深蓝的野火
在黑暗的同时炽热

在美梦中醒来
浪子的翅膀
长在爱人肩头

吻

所以总不觉疲倦
飞了好远好远

2019 年 7 月 19 日 北京

苞谷畅想

微风拂过苞谷带走意识，
满载的重卡车，驶向大脑；
风车是平原上的信使，
埋下红唇，枪鸣后的回响；
平原和天空划定群鸟的坟场，
摇晃的老爷车，孕育欢愉；
群鸟搅动孤雁的愁肠，
酒过三巡，春雨撕破黑夜；
喝掉这杯混了蜜的远方，
缠着情人的枷锁，海角天涯。

2021 年 8 月 20 日 纳什维尔

上

泪

直线运动

载着一卡车黄金
疾驰在高速公路
收费站没有路障
没有追击的蜂鸣

抑制不住激动的颤抖
偷偷吻上她的唇
然后转头就跑
任凭呼唤在风中吹

紧跟前车踩足油门
撞翻正下落的栏杆
冲过收费站
把指针甩到尽头

抱歉我不能停
歇息会让我粉身碎骨
想念我时不要吝啬眼泪
暴雨后的海面依然平静

2017 年 4 月 4 日 北京

1元一斤的莎士比亚

镜中的是惨白的脸颊
我看到风后雨后
独瓣的干玫瑰
大概需要滋润
左涂右抹
藏起蜘蛛网和盲目
心口留个小孔
窥视心房里的强盗
夺走她所爱的一切
留下两行混着胭脂的泪

2017年6月6日 北京

杀掉那只小鸟

寒冬午后
游荡街头
漫画家伏案发呆
白纸变成白纸
橡皮千疮百孔
我要复仇我要复仇
杀掉那只喧嚣的小鸟
把玩自己头盖骨的骷髅
手里玩起了积木
那是我的漂亮右脚
我要复仇我要复仇
杀掉那只恼人的小鸟
人们开始匆忙赶路
抓着最后的机会咆哮
街头响起日落的前奏
路边高龄的树桩
望着刺眼寒冷的光
绕着风儿踱步
接纳了吵架离家的小鸟
他静静听着

从两点到六点

因为天要黑了
黑夜里不能生气
更不能杀鸟

2018 年 1 月 11 日 北京

春了,雪呢?

终还想念那爽约的飘雪。
我是多么想用滚烫的血液来融化你的心。
把我自己冻成冰棍。
从此不痛不痒。

明天太阳升起,
又是太阳升起,
还是太阳升起,
不过是春天的太阳……

来开凿我的心吧!
因为这有证据!
来开凿我的心吧!
因为我像钢铁!

河水流淌,
鱼翔浅底,
捧着一碗刨冰,
冬天真的来过吗?

2018年2月15日 北京

跑调

亲爱的
其实
我唱歌不跑调
只是遗憾
这世上已有的歌
都会不忠于你美丽的双眼
我真的在努力创作
只希望有一天
你能听到我无声的呐喊
看到仅我可见的枷锁

2018 年 3 月 26 日 北京

无穷

暮光下长着些绿草，
烂醉的狗熊在探戈。
你有着天空下唯一的双星，
让乌云在光影中尽兴吧！

你转转发条，
就偷走了我的心跳；
张牙舞爪的野兽到处采花，
只因输了她的赌局；
这美丽的夜晚，
如果没有你，
将只剩下夜晚。

我不知道该说些什么，
言语无力又无情，
而我正拥有你的双眼。

列车进站，
梦中人一个个上了车；
准点发车，
驶向无穷的远方。

2018 年 5 月 12 日 天津

想念是冰，冰是想念

孤独的夜晚
我总是止不住对你的冰块
我夹起一块想念
放进酒杯摇晃
想在温酒里融化
每当我冰你时
想念总觉得不够

2018 年 8 月 8 日 北京

削铅笔解忧

在我的文字里
总有一个第一人称
可当我们四目相对时
"我完全不认得你"

在我的文字里
有过她和她的唇
可在很长一段时间里
却只有一只顽皮的影子

在我的文字里
有过蔚蓝的大海和浪潮
可在我健忘的脑袋里
大海总是一声不吭

一圈又一圈
忧愁被加工成浪漫
我
削没了一筒铅笔

2018 年 8 月 13 日 北京

插播一段阴云

当蓝天被阴云笼罩时,
他才不再忧郁,
因为更悲伤的暴雨,
让过去的所有忧愁都微不足道;

我一点都不喜欢蓝色,
可只有蓝色的天可衬云朵的丰满,
可让我更加珍爱云朵……

啊白云,
珍贵的无意义,
甜蜜的水蒸气。
暂别了我所爱的,
回头再见。

2018 年 10 月 31 日 北京

矛盾与隐喻

有时我的血液，
遇热凝固，
遇冷融化。

当激情充瘀山林，
理性的野兽，
在墙角避震；

与冰块相融为一体，
白霜幻想的温存，
滋润了落叶的心；

滴答滴答
泡沫难与流水相存，
流星难与火柴共情，

您拨打的电话，
还在通话中，
请稍候再拨……

2018年12月5日 北京

万物沉睡

发热的铁道走着漫行的鹿
无义的游离成就了时间的伟大
枯干的土地中深埋着美酒
我深知那酒中的苦涩与喧嚣
暴雨中没有沉闷的枝叶
就像战场上的子弹都是哑巴
站在白天曾熙攘的街道上
我向远处的地平线张望
怎也找不见我应有的孤独
雪白的浪不懂终点不是雪原
礁石也终会被抹去棱角
诗人和沉默的顽童
替这世间万物
做着被迫苏醒前的美梦

2020 年 7 月 12 日 西拉法叶

泛舟

泛孤舟在银河争渡
船桨蘸着白浪轻轻唱
太阳的另一边撒着情种
秋风吹散光阴的故事
一片片朦胧里满是躁动
镰刀砍断云朵的根须
化作薄雾寻觅他乡
远方的城燃着白日焰火
抱着心爱的女人沉沦
船夫躺在橡木地板上
合上眼睛 潸然泪下

2021 年 10 月 17 日 西拉法叶

从两点到六点

灯泡

他的身影总是很模糊
在狂风急雨中痴痴地笑
像一只篝火边取暖的羔羊

他的记忆只有两秒半
脚下结实地踩着铁钉
却把根扎在了一只麻雀心里

他的呐喊不会在山谷回响
往往是一夜快要结束时
混藏在喧嚣深处的余音中

他的未来大概像个面团
糅进了怅然和迷茫
麻雀带去南国发酵成梦想

他是电线塔上孤单的灯泡
日复一日住在灰蓝的天空里
每隔两秒半闪烁一下白光

2021 年 10 月 31 日 西拉法叶

马戏

嘉奖落马骑士写满勇气的空碑
萧瑟的琴 伤心的歌 怒吼的寂寥
功名敲着名为牺牲的战鼓
老虎的纷争是胜利者看的马戏

正义的宝剑只砍羔羊的喉咙
任留粗鄙的头颅盯着钢盔生长
恰巧想起曾经火红的舞蹈
炽热的希望洗刷成温暖的白沙

高傲的狼误闯了猎狗的被窝
耳鬓厮磨间甩掉了痛苦和尊严
清徐的风捋过密林的耳廓
沙哑的呻吟流淌着时间和星火

生活就像同质货架上搞选美
世界的悲喜都标着麻痹的价码
痛苦的选择困扰全世界的匆匆
脚边沾上的泥土也曾沐过花香

2021 年 11 月 26 日 西拉法叶

路

路

小土丘

起风了
落雨了
扯抻薄薄的黑夜
天空在波动
那是我的总和
正冲每一块积木呐喊

我有过湖泊为伴
河床曾埋在腰间
金脉随着铁镐迸涌
紧紧抱住杰克的小宝箱
拿走我的金子吧
箱里没有金子
只有一只小小的蝴蝶

我可以改变全世界
因为我有黄尘和美酒

2016年12月4日凌晨 北京

晚冬、早春

蒸腾的水汽里有一匹小马
挥舞着前蹄数着鼓点
一二三四五
黑夜里有六个迷茫的灵魂

他的汗水像时代的支流
汇成滴滴挂在瓷砖上的水珠
我奔上我的背脊
踏醒向着大海无头的路

把泪痕藏进皮肉里去
紧紧身上的包袱
扬起长鞭挥斥
火辣辣的前方是褴褛和暖炉

我是一匹勇敢的小马
撞开温室的木门
甩掉毛上冰霜
跺进嘶鸣的黑夜

2017年3月8日 北京

吸烟有害健康

哦船长
我的船长
您的烟斗
我已装填完毕
给您点好了火
什么,您问我在哪?
在那儿
被我丢了下去

哦船长
可爱的船长
快看那儿
您的烟斗
正吐出一座座岛屿
阳光蘸着它们的影子
在皱巴巴的草原上
画下天空里的城

哦船长
威严的船长
您的烟斗

从两点到六点

与高山齐肩
正熊熊燃烧
点亮了乌兰巴托
缭绕的烟圈
在驯化着冰凌

哦船长
愚蠢的船长
咳咳
我们找不着灯塔
东西南北
尽是阴霾下的汪洋

哦船长
……

2017 年 7 月 24 日 乌兰巴托

老照片

有一片
黑白的海,
陆地正欺凌,
哭声被抢劫。
除了渔民家里
呛水的婴儿,
谁又能知道海在流泪?
吞些轮船,
小心挑拣着人来吃
作家,
独裁者,
物理学家,
银行家,
我变得越来越大。
偷偷地
慢慢哑巴疯子,
看着蓝天傻笑。
我今夜不走,
明日后日也不走。
终有一日,
海上再无风浪,

从两点到六点

安静得只剩阳光，
哪都是乱抹的油画棒，
我的女孩在正中央，
在我的血液中航行。

2017年8月28日 北京

木头记

光鲜的木偶
只有被挖掉心脏
成一块破木头
没有人形
才真正拥有生命

它们被诅咒
不许踏入画框半步
哪怕
在沼泽中变成沼泽
在火焰中变成火焰
尽是自顾自地
唱着晦涩的童谣

恐怕只有
皮箱底断线的
橱窗上疲惫的
灰尘里寂寞的
才能艳羡到
它们自由的魂灵

从两点到六点

木匠的铁锤当当敲
咚咚咚

2017 年 11 月 9 日 北京

鸣的锣

我有了体温
我重获新生
我音如天籁
我征服千耳
我来自天堂

我失去宿主
我没有了爱
我身体冰冷
我灵魂孤独
我寄身仓库

我有了体温
我重获新生？

2018年1月20日 北京

从两点到六点

Being Fried

Maudlin is not only one of your personal property but also a public entertainment.
Let me evaporate in the sunlight under the ocean.
My gleaming star, you are the brightest in my space,
on my face.
My dear friend,
you are stealing my sorrow drop by drop.
You can peel me into elements and blow them into air.
Don't let parody dominate your brain.
Young man,
be BRAVE like a piece of sinking paper!
Go fire and go frie!
Go fire and go frie!
Go fire and go frie!
"Go to sleep and have some rest."
Remember that "adjective" is also a noun and everything is gonna be alright.

2018 年 3 月 8 日 北京

快乐的少年

我有四肢有头有脑有血液
这是一副一人大小的躯壳
当我心血来潮
世界上再无昼夜
我像一粒白粉尘在灭火器里欢愉
我像一颗小水珠在贝加尔湖游荡
花儿啊
我在你干枯而空落的枝条上
闻到了芳香

我的故事都被插进耳机孔里
直到最后一丝电流的呻吟
看台上蓝色的少年
在炫目的白灯中看到了五颜六色

我的情人你又在哪里？
我慌然摸索
一种失落的无力感
从我的指尖、眼角蔓延开来
原来你被带回了梦中的丛林

从两点到六点

啊那是我的父母
我岂敢跟他们争夺情理
我大概是个人吧
多情的儿子
怀春的女儿

再如何忧愁
也不会有一丝空气为之不安
万物运转
世事轮回
都操着不变的铁律

天底下的灵魂大多是孤独的
无依无靠
所以伸出你的双臂吧
好好抱抱自己
没准一不小心
抱住自己所爱

2018年3月26日 北京

孤耳

眼角挂着海洋
曾经的诺言在流浪
痴痴地思考每朵浪花
好像哪里见过

日记本应写满回忆
翻来翻去
找得各式面具
却不见了自己

黑黑的夜里
最刺眼的是盲目
静静的夜里
最喧嚣的是聋耳

来吧怪兽
我记不得勇敢
也忘了恐惧
像风中独行的野火

来定义生活

从两点到六点

将它一分为二
一边是欢喜
一边是希望

2019年1月30日 广州

稀释

一顿酒肉后
我开始收拾行囊
以备冲向风暴的不时之需
为什么饱满的激情一定会消逝?
因为每天太阳都会升起千万次
为什么漂泊的心一定要有归处?
因为逃离现实的路不是单行线
为什么海的尽头一定要有陆地?
因为大海不能装下所有的忧愁
即便如此
我仍然渴望
驾着满载的渔船
从漆黑而宽敞的海港出发
驶向只剩天际线的大海
直到明天的日出

2019 年 9 月 20 日 西拉法叶

迷途

黎明若夜色终曲
远方在前行中消亡
风儿不知要去向何方
绿洲流离着寒来暑往

落叶从不屑枝鸟的忧伤
捏造无序只是虚妄者的前戏
沙滩最适合作高傲者的涂本
满篇情深倒不如灰烬温存

像花朵一样怒放而衰败
燃烧一根火柴吧
照亮灯光璀璨的黑夜
找回我无路可达的远方

2020 年 12 月 2 日 西拉法叶

奔驰的游戏

猛干烈酒是懦弱在逞强
有病呻吟是尊严在作秀
逃跑的游戏不会结束
饥饿后盛宴
盛宴后饥饿
交替的悲喜是虚妄
战无不胜的军团最先瓦解
圆梦是对梦想最残酷的惩罚
就像奔驰的河流不会干涸
化解乡愁最好的方子
就是把故乡揣进行囊
把思念带去更远的远方
让苦闷化作一徐妖风
种下白日梦而撩人心弦
童年大院里有颗遮天的树
狂风大作摇曳不止
只有生锈的钢铁知道秘密
大树也漂泊自远方

2021 年 11 月 29 日 芝加哥

海

海洋

当我是一艘潜水艇
世界没有棱角
大小的池塘都是一片片海
没有边界
掀起一排浪
很快就被大海吃掉
存在过
在湿润的沙地
在岩石的心里

当我是一座小岛
世界地图
没有变化
我的脚印呢
红日下的白花
日记上的涂鸦

当我是一条大鱼
到处漂游
虾群荡漾
海草观望

从两点到六点

珍珠知道我的秘密
却只得沙下沉睡

水面以上
鸟儿飞机的旅馆
水面以下
早春晚春的双人舞
海洋呐
我的襁褓和墓园

2017 年 7 月 1 日 北京

行星撞芦苇

幻境还是回忆
牧神拨弄着琴
拉着与空气躲闪的声波
石牛指甲一丝骚动
少女耳畔生出冰冻的玫瑰
我却在琴弦间穿梭
秒针不由己地跳摆
来到金星的地表
去到土星的北极
只为无常
费尽口水
咒骂这寒冬的暖阳
只为嘲讽
和假果争风
吹鼓这失去血肉的葡萄皮
梦被打断
看见垂涎的熊
原来
我会扎根生长却不会游泳
被扔下魔术师的甲板
一条渴死在汪洋大海的鱼

2017 年 10 月 10 日北京

11 November, the Festival

Soldier,
Drink this poppy milk and go back to where you once belong
Please please
Tell me a scary tale
Please please
Break my bullet toy
When I was young
I noted down some heros of death
I lit up some candles with light
The lover you lose
The enemy you take
They are all my brothers
Since the sunset of Solferino

Gather battles and explode my mind
Seal them in my modern empty brain
Cannonballs are homeless but their tombs
Barrel land with black back Mockingbird
Brother is blade blood
Home is honey home

海

Soldier, may you rest in peace

2017年11月11日 北京
#记英国阵亡将士纪念日#

无题

圆圆的井盖
方方的星空
苍白的华丽
摇滚的人生

2018 年 2 月 7 日 北京

世界的太阳

在你的双眼中,
只有黑白的天空,
我看到自己,
也看到恐惧;

所谓长吻,
就是刚分别便又生思念;
我从来不怕死亡,
你却让我更爱生;

毛衣抱紧衣架颤抖,
哪里有温暖的宿主?
无边森林悄声低语,
哪里有围聚的火炉?
枕着你的胸膛入眠,
哪里有我走失的心?

原谅我的多情,
在我炽热的胸膛里,
不止有寂寞的你,
还有个世界的太阳;

从两点到六点

火红的太阳,
把天空照出深蓝,
大海的忧伤。

2018 年 10 月 23 日 天津

青海湖的歌

手伸到浪花里
我摸到了很久以前的梦
自由而远古的歌谣

可爱的人儿
世界自是无穷
感谢我黑色而有限的双眼
得以为美丽折服

被奔驰河流遗弃在浅滩
巍峨高山压迫着渺小的模仿者
匆匆流云监控着每一头失控野兽
旗帜飘扬沉默了叹息与怒吼
我却依旧心存欣喜

这是一片海
被遗忘在高山上的水滴
被群山环绕封锁去路
却一直唱着孩童的歌谣

和绵羊约定

从两点到六点

土黄色的白天使
今天 明天 永远
全都值得为之忧虑

2019 年 6 月 25 日 湟源

猎火

老道的猎人嚼着干草
巡捕一团火焰
那晶莹的良药
可以复活缺水的古井

用来献祭的鼓声
像温顺的惊雷
让鲑鱼喘不上气
乡间发出燥热的声音

粗犷的荒野不断生长
天空中的歌儿却消逝
鼻子里灌进一股泥土味
火越来越近了

远方传来机器的轰鸣
乘客们终于开始寒暄
这是一次日出
和一趟进城的班车

2019 年 7 月 30 日 北京

角斗士

突然加速的世界
将他甩到了外太空
明天回来接他
老人不知所措
走进了天神的赌场
臃肿的皮囊换了筹码
想用双耳赢回双眼
却不经意输光了所有的记忆
太阳升起的时候
世界变得明亮而透彻
他仅存的一点视力
也随着雾气消失不见
错拿叮当响的铜板当成镜子
背着一串沉重的数字
老人找回了自己的人生
原来我是总统

2019 年 9 月 25 日 西拉法叶

健忘的海

大西洋像不识趣的野兽
调戏着勇敢而冰冷的心
化作流沙的礁石未曾屈服
锋芒沉淀为温柔

白色的浪花来来去去
除了岁月什么也没带走
深蓝而清澈的海水
是青春与恐惧的和解

无情的阳光蒸发多彩的记忆
只留下一个个安静的游魂
与其害怕不如歌颂光辉
再用咸咸的盐来麻木虚无

全知的繁星缄口不言
只留下斑驳的明月暗示归处
横冲直撞的风儿来到海边
按下循环的录音带

2019 年 10 月 15 日 波多黎各

无名草

据说有一种流浪的杂草
只在落叶的季节生长
晚上扎根休息
天明薄雾中又消失不见

没有人知道它们的样子
被拷问的泥土和大树紧紧抱在一起
支支吾吾答不上来
只依稀记得这杂草很多很多

冬天近了
夜越来越长
每天都有找不到归处的
边流泪边化成了黑暗的一部分

又一天太阳升起时
迷了路的没有消失
而变成了草地里轻轻的薄雾
向世界倾诉无名的忧伤

一个人走了过来

海

"啊,绿草的清香!"

2019 年 10 月 17 日 西拉法叶

杳无音讯的秋

密林对天空有所误解
每片树叶都想被记住到明年
清风扬过了
山谷反而喧嚣起来

乌云穿上花衣悠悠飘荡
被飞鸟逗笑合不拢嘴
星河失踪了
夜晚反而明亮起来

句号不满自己浑圆的外形
故事里的角色想去看看大海
向往自由的诗歌去流浪了
白纸什么都想不起来

2019 年 11 月 5 日

从两点到六点

凌晨两点
时针厌倦了循环的工作
饮尽朗姆酒
悄悄走进了一场大雪

下午三点
北城的猫出现在南城
抱着母猫睡起懒觉
城市突然拉响了警报

凌晨四点
风铃叮当响打破寂静
惊醒了梦乡中的空酒瓶
怎么也想不起来自己的名字

下午五点
新闻说时针在南半球出走了
喧嚣的都市安静下来
南城的猫翻了个身

凌晨六点

从两点到六点

太阳送来一点光亮
无底洞口留着酒醒的印记
时针旋转着结束了生命

2020 年 2 月 1 日 西拉法叶

红雀

有人在撕裂的空间里
藏进一只红雀
可就像云堤拦不住星河
四月三十一日红雀飞走了

他忙想让一切恢复秩序
却怎也无法逃脱历史的束缚
干旱的土地上苟活的水手
淹死在蒸腾的浮华里

你忙想用刻刀再现记忆
却怎也无法区分上一秒这一秒
喧嚣都被拿去作了耳塞
只剩寂静在回响

我忙想记录这本不应存在的一天
却在这时飞来一只美丽的红雀
在窗口伫立一响便去了
一切都那么合情合理

2020 年 4 月 24 日 西拉法叶

Red Sparrow

Someone hides a red sparrow
Into the space lack of patches.
However, like the dam of clouds couldn't stop the river of stars,
The red sparrow escaped on April 31st.

He was panic and wanted to get everything back into order,
But he could never break the shackles of history.
The sailor with nothing but a name, who lived on the barren land,
Was dried to death in the vapor of vanity.

You were frightened and exhausted to realize the memory with a carving blade,
But you could never distinguish now and the previous second.
Both the hustle and bustle were taken to make the earplugs,
So only the silence was left to echo in the world.

海

I was surprised and busied to record the day that
the calendar does not allowed,
But my work was interrupted by a sudden guest, a
stunning red sparrow.
It was standing on my window for a moment and
then left.
Everything now appears extremely reasonable.

2020 年 4 月 30 日 西拉法叶

和解

盛夏本最讨森林喜欢，
雷雨交替而生机盎然，
可让仲夏毁誉的是温度计，
记述里充斥闷热和百无聊赖；

世上最深情的灯光师叫太阳，
只偏爱芳香的花朵，
为她温柔地抚去汗水，
她却在阳光中晒蔫巴了；

牧童看到这景象在山头大吼：
是美丽的名让美丽消逝！
远处的游客抓起相机：
看呐，这就是野性的呼唤！

2021 年 8 月 25 日 西拉法叶

叶

夜晚归来记

从南方归来的孤雁
常常飞进陌生的街区
空旷无人的夜色
属于末班车上的后来者

像个快乐的木偶
戴着耳机幻想着人生
失控的四肢自由地舞动着
飞扬的旗帜摆平忧伤

在一个荒废许久的车站
坐着一个等待昨日的老者
他看着慢慢黑下来的夜
眼里满是红酒里洒脱的回甘

2017 年 4 月 7 日 北京

禽鸟之乐

忽然狂风大作
掀飞肩上的汗巾
腾来南半球的冬
风停
糊白了青山

生好炭火摆上铜锅
清水煮着豆腐
就上一碟酱油
吃罢
冰雪消融

庭院中摆好藤椅
沏上一壶老茶
话尽枝上的叶
羞跑头顶的云

2017年5月13日 密云

越狱

雨夜啊
你可知道
我等了你
好久好久

雨夜啊
呼吸
空气中的小水珠
造访我的鼻腔胸腔
那为她们准备好的小屋
依上我的眼窝
乘上长满野草的小木船
和低处的枝叶厮磨
弹唱着水对火的思慕

雨夜啊
雷公的瘙痒
放出了健壮的野兽
掀翻了春宫的亭台
啃掉时间木桩上锈钉
有了充满激情的空气

从两点到六点

晃匀楼阁间一片片海
水泥路是天空的明镜

雨夜啊
洒下大小的水晶
沿着我发根的轨道
击破我的颅骨
沾上我的脑浆
引爆我的肺叶
顺走我的心脏
粉碎我的思想
从此我没心没肺想着雨夜
不知疲倦地摇滚

2017年6月22日 北京

叶

独酌的对话

我说罪过
她在歌唱
它在听

我说好
她在笑
它在担忧

我在担忧
她保持沉默
它在歌唱

我在踌躇
她在惶恐
它在土地中摇摆

我闭上眼
她说不安
它说罪过

下一滴水

从两点到六点

是否还会垂落
亦或滴进云朵

有一支思乡的玫瑰
茎上挂满横刺
狩猎行者的衣裤

在数万年的深处
卧躺着一颗太阳
胸口正鲜血流淌

我抿抿嘴
放下酒杯
熄灯睡觉

2017 年 8 月 4 日 北京

Halloween

Flowing like wind and blowing leaves away
An outgoing freak driving dream of a nerd
Escape the colorful party
Exhale the fresh city
Follow that cool autumn
Pacing on the rotten mountain and tracing forgotten Norte Dame
Ponder over teen's nonsense on Halloween

All insane ghosts and complainers
Who roaming in a parade of silence
Please be happy
And here's the key
Unlock yourself from the rotating door of greed
　"Yesterday once more"

2017年10月31日 百望山

初霁

风儿吹
叶儿飞
携着小雪的独云
勾起繁星思绪
外人听不到床底的旧梦
爱人看不到心底的玫瑰
温暖孤单的人
吞咽着凉茶和炸鸡
激起逆风的斗志
像锈迹斑斑的铁门
归还个个囚犯自由
像河边映光的垂柳
给予千百过客情愫
像化身地名的庙宇
刻下代代侠客行踪
明天的太阳蹦跳而来
点亮无头的寒风
盛世降临
容颜依旧

2017 年 11 月 22 日 法源寺

虫洞

小虫啃掉一口玫瑰花瓣
大虫吃掉了小虫的心脏
小鸟吃掉了大虫的心脏
大鸟吃掉了小鸟的心脏
小人吃掉了大鸟的心脏
大人吃掉了小人的心脏
小岛吃掉了大人的心脏
大海吃掉了小岛的心脏
土地吃掉了大海的心脏
玫瑰吃掉了土地的心脏
玫瑰身上只多了个虫洞

2018 年 3 月 18 日 北京

毁灭

凉夜，
大山枯萎
长夜，
时间融化，
独行，
被数字毁灭。

2017 年 12 月 29 日 密云

泥土的碎片

天还未亮
我造访雷电的故乡
是鲜活的
是黑土地的嫁衣
黑云之下
突然有了一团火
像是一把把珍珠 散落
烟雨之中 熊熊星火
这是科技 这是文明
智慧对天空的拙劣模仿
能让我看清这世界的
只有泥巴味的残镜
和孤独

2018 年 8 月 2 日 河内

树、碑和土

大树是生命
是瑟瑟发抖的温暖
石碑是死亡
是天国的出生证明

我不敢奢求别人的记忆
因为不被遗忘
是逝者才能有的特权
就像我不喜欢照相

我想有棵树
上面刻着我的名字
在树的下面
种着些许泥土
这样就能像蝴蝶一样
在天空中摇摆

只可惜
在泥土上面
只留我的脚印
没有树

2018年8月9日 北京

诗歌

可以是
精彩的游戏
想象的天堂
修辞的盛宴
浪漫的废墟

也可以是
一只猫

2018 年 8 月 19 日 北京

玉米田中的喧嚣

钟情大海的星河选择决堤
卷来团团惺惺的乌云
滴答的鼓点微弱的时候
星光早已浸满了漆黑的夜

谁说牛羊听不见野性的呼唤
横穿文明两岸的公牛
不屑与马背上的诱惑妥协
在血红的美梦中晕头睡去

微风从鼻腔钻进记忆深处
醒来已在泪水的彼岸
玉米田中传来喧嚣
疯牛横在海风吹拂的夜路上

2019年12月22日 古巴特立尼达

魔术揭秘的时候

有个魔法世界很让人向往
因为那里是幸福的国度
每个错觉都是温暖的

雨夜时天上的星星去撒野了
现代城中无关紧要的角落
总有个虚掩着阴影的蜗牛壳

当倔强的雪花踩上了草原
大地在巍峨巨浪间流淌
离家的螺丝钉寻找活着的意义

无暇顾及粉碎的命运
孤单的陨石拽着火焰
上一秒中它在冲我微笑

2020 年 2 月 28 日 西拉法叶

落着小雨的清晨

太空深处有个忧伤的星球,
失去意义的梦都藏在云里;
天气预报像本菜谱,
用酸甜苦辣喂饱空洞的心;
深蓝的甜品最受欢迎,
因为蓝的色素尝起来复杂;
阳光和闹钟是不懂事的孩子,
总扫兴地拉上七彩的幕布;
从天际处一点点注进水,
甜润的夜稀释成平淡的日子;
那不幸的从云中落到城市里,
在忘却中得了咸味;
乏味的人机械地拉开窗帘,
又是阳光明媚美好的一天。

2020 年 4 月 13 日 西拉法叶

黄沙路

远方来了黄沙蚀掉虚妄
像海浪褪去捞走灵魂
我驾车载着目的地和记忆
奔驰在高速公路上到时间屈服
无数人的疯狂的念头的影子
狼狈逃窜到岩洞哭诉艳阳
世界的角落广袤而无路可至
阴影里大都关着困兽
耳边风儿走走停停
心中不安跟着聚聚散散
有两人相爱向了远方
空虚的浪漫麻木的未来
空气在律动
绿叶啥也没想
向着宇宙直到燃料耗尽
依偎在沙漠汪洋

2021 年 5 月 8 日 天津